La cúspide

Sergio Pinzón Amaya

Dedicatoria

A todas las personas que con sus acciones, pensamientos, emociones y palabras, han tocado mi vida y me han abierto el camino, para el reencuentro con el origen.

Contenido

AGRADECIMIENTOS

A mi familia que me ha permitido tener una mente creativa y siempre se ha reído de mis historias y creaciones, lo cual me impulsó a vivir esta experiencia, que ha regocijado mi corazón.

El inicio

Todo comenzó a finales del 2019, lo recuerdo como si fuera ayer y ya han pasado 40 años. Era diciembre cuando comenzó a correr la noticia de la primera pandemia. Era la primera vez que el planeta realmente cambiaba y yo como todo el mundo estaba en proceso de cambio y adaptación.

Nuevamente era diciembre y aún después de tanto tiempo, me cuesta trabajo entender que pasó, el distanciamiento social, se convirtió no en una costumbre sino en una necesidad de vida.

Primero fue el Covid-19, después fue el Merk-3, mucho más mortífero y mucho más rápido y por último fue Kandal-14, el cual casi arrasó con un tercio de la humanidad.

Todos creían que las grandes potencias serían las primeras en salir de la crisis, pero no fue así. Después de la segunda pandemia, Estados Unidos, entró en caos y anarquía, debido a sus creencias sobre libertad y derecho a las armas, cada ciudad construyó su propio sistema de justicia paralelo a la ley, la cual no funcionaba, debido a los altos índices de delincuencia. La otrora gran potencia, estaba sumida en la desesperación, no solo por los altos índices de muertes, por la hambruna generalizada en todo el país, sino porque el seno de la cultura americana, el hogar, ya no era un sitio seguro para descansar y guarecerse.

Todos los grandes países tomaron decisiones, realizaron grandes acuerdos a nivel, político, social y económico, pero no fue suficiente. Cuando se creía que la unión europea podría aportar algo a la situación mundial, los problemas económicos de los países agobiados, por la gran migración producida por el cambio climático, el cual ya era incontrolable en el África, los llevó a una crisis sin precedentes.

África, que en un tiempo fue lugar para safaris en conjunción con la naturaleza, había cambiado de ser un desierto, a un continente donde las grandes inundaciones producto de las continuas lluvias, que duraban semanas completas, lo convirtió en un sitio invivible. Durante muchos años las grandes pirámides, que fueron sitio de visita obligatorio para todos aquellos, que quisieron observar tan majestuosas obras de arquitectura, quedaron sumergidas en el gran lago de la oscuridad «Ziwa kubwa la Giza», como lo nombraron sus pobladores en suajili. El rio Nilo que normalmente perdía su caudal en verano, se convirtió en el rio más caudaloso del mundo, siendo la principal fuente de agua dulce del continente, acompañado de las nuevas construcciones sobre el agua.

Para oriente no fue mejor la situación, una gran plaga de langostas, como nunca se había visto en el mundo, arrasó todos los cultivos de países como china. Todo comenzó en Kasan en Rusia, avanzando hacia el sur, abriéndose paso por Kazajistán y Mongolia, en cuestión de horas, los reportes de Uzbekistán, Kirguistán, Afganistán, Pakistán, India, Bangladesh, Myanmar, Laos, Tailandia, fueron tan devastadores que los reporteros, no podían disimular su preocupación y dolor, porque se sabía que la crisis por la comida no se haría esperar.

Mientras esto sucedía en Asia, en Australia, la situación no era mejor, debido a las tormentas solares, Australia, recurrió a la ayuda internacional, para poder controlar sus incendios. La fauna y la flora estaban casi extintas, los cuerpos de bomberos exhaustos, por las largas jornadas de trabajo, cada vez eran más susceptibles de ser reportados como perdidos. Los helicópteros no daban abasto y debido a la altura de las llamas y la velocidad de los vientos, los cuales se incrementaron, en los últimos años, avivaban constantemente el fuego. Haciendo casi imposible poder controlarlos y debido a que cambiaban constantemente de dirección eran un riesgo para las pequeñas aeronaves, las cuales se mecían, como mosquitos a merced del viento. Era tan incontrolable que le llamaron, del latín «Divinum ignem» o fuego divino.

Las tormentas geomagnéticas, cada vez fueron más frecuentes, por lo cual fue necesario extremar las medidas para salir durante el día. ¿Pero cómo nos enteramos de las tormentas?, fue un día caluroso de junio de 2030, que quedó grabado en nuestra memoria, como el día que «cayeron los satélites», como todos los cambios que se venían dando en nuestras vidas, ese día comenzó con reportes de crisis en las comunicaciones, las cuales para ese entonces ya habían avanzado mucho, LIFI, era lo normal, las redes wifi, ya habían quedado en el olvido, pero ese día en especial muchos hubiéramos dado cualquier cosa, por tener en nuestros hogares el viejo y en desuso teléfono fijo. Ese día en especial, los satélites debido al choque magnético quedaron fuera de servicio, la explicación más cercana que se podía dar, era que la tormenta funcionó, como un gran pulso electromagnético.

La gran corporación «HOTAGON», Comenzó, como una iniciativa de las Naciones Unidas, para ayuda mundial y para focalizar los recursos, evitando la corrupción a nivel mundial. La cual se castigaba con la muerte, sin juicio previo, solo se tenían que aportar las pruebas, y el cuerpo de soldados Los «ERGONS», con orden automática, realizaban las tareas de limpieza y orden. Así comenzó, la nueva era de la policía unificada en el mundo.

Aunque, en lo político, era difícil comprender, como HOTAGON, ejercía el control, puesto que en cada país existía un gobierno, regido por la ley general, como la llamaron, en la última reunión de las Naciones Unidas, antes de ser desmantelada y dar paso a HOTAGON. Se tenían presidentes, que ahora se llamaban ministros, en cada país existía uno, elegido desde HOTAGON; ya no existieron las elecciones regionales, debido a que ya no existían políticos que quisieran, trabajar sin exponerse a perder la vida por actos de corrupción.

Nada diferente, fue el proceso de ajuste religioso, la nueva y única religión. Se consideró como lo mejor que pudo haber sucedido, con conversaciones iniciales, entre diferentes líderes religiosos, y debido a que las grandes religiones, ya no producían el efecto esperado en sus seguidores; debido a la gran cantidad de profetas, de los cuales se había llenado el mundo. Decidieron a puerta cerrada, que se debía retomar el control de la fe. Negocio que ya no querían, seguir compartiendo en un océano rojo, por que deseaban convertirlo en un océano azul y debido al chip «todo servicio», incrustado en la mano derecha, era totalmente fácil, recaudar el dinero de los incautos. Esa religión única, con preceptos de todas las religiones y credos, unidas por el código «unius libri» o libro único, el cual era aplicado por ley, dictaba los designios religiosos de todos los seres humanos. Era la primera vez que se daban cuenta que, en vez de discutir por el significado del texto, sin tener en cuenta el subtexto y el contexto, descubrieron que siempre quisieron decir lo mismo, pero con diferentes palabras.

Nos olvidamos por completo del mercado bursátil, eso sucedió en la mañana de la crisis financiera del «Cripto-Jones». Todo comenzó, el tres de enero de 2053, el «Cripto-Jones», estaba, en sus mejores réditos, pero el grupo ciber criminal, los «magos negros», finalmente después de muchos intentos, lograron vulnerar el mercado de valores y repetir la historia del crack del 29, pero esta vez fue mucho más rápido, puesto que tan solo en cuatro días llegó el caos a nivel mundial; debido a que nunca se pensó que pudiera existir una nueva burbuja financiera .

Recuerdo cuando mis padres y mis abuelos, hablaron de tiempos difíciles, pero nosotros hoy, los llamamos los tiempos dorados, todo era mucho más fácil, desde conseguir empleo, hasta conseguir pareja. Estoy totalmente seguro que ninguno se llegó a imaginar que las visitas de balcón, se pudieran volver a dar. Ya no existió, el chaperón de años atrás, ese nuevo chaperón se llama distanciamiento social y es al que nadie se atreve a hacerle trampa.

Las entrevistas son vía LIFI, desde teléfonos que definitivamente tienen una mayor capacidad, que los equipos que llevaron al ser humano a Marte. El 5 de marzo de 2059, el Polaris I, llevó el primer grupo de humanos, siendo las 9:13 hora del este aterrizó sobre el complejo Amanecer, construido por robots autónomos de tercera generación, cuyas primeras versiones fueron para utilización en casa y oficina en noviembre del 2023.

Las pandemias

Desde el comienzo todos en nuestro interior cambiamos, muchos fueron los ensayos, los falsos expertos, que hablaron sobre cómo cambiar las cosas, pero ninguno sabía exactamente sobre lo que realmente estaba sucediendo, hasta mucho tiempo después.

Todo comenzó con las tesis conspiratorias, sobre cómo había sucedido la primera pandemia, esa fue el COVID-19 y fue solo el inicio, de una de las múltiples cosas, que llevaron a que todo realmente cambiara.

Todo comenzó a finales del 2019, en una ciudad de china, Wuhan que para muchos de nosotros, sería como una capital o una gran ciudad, con más de once millones de habitantes. Fue la primera en contarle al mundo como todo iba a cambiar. Primero fue el encierro, una ciudad que se convertía en un fantasma viviente, difícil tratar de comprender, el término hasta que se vive, aunque la ciudad seguía llena de gente porque estaba en cuarentena, algo que no se vivía desde la gripe española, pero sí, era cierto, todos estaban en casa tratando de no contagiarse. Al comienzo todos acudieron a sus reservas de alimento, pero con el paso de los días, fue necesario salir a buscar nuevas provisiones, y en las calles se veían a los caminantes diurnos, solitarios, con poco más de dos bolsas, recorriendo grandes distancias en búsqueda de algo que comprar. Esa fue la primera de muchas ciudades llamadas, los fantasmas vivientes.

Todo se comenzó a complicar, cuando el virus infectó diferentes países, allí proliferaron los expertos. ¿Expertos en qué?, nunca se supo exactamente, pero siempre hablaban con propiedad sobre qué hacer o que no hacer. Nunca supe con qué pandemia fue que obtuvieron su experiencia. Hablaron muchísimo, sobre medicamentos, enjuagues, hierbas, gargarismos, jabones, líquidos desinfectantes, que se infectaba y que no, todo unido al miedo colectivo generado por la falta de comprensión y entendimiento de la situación, creó el cultivo perfecto para el primer efecto, producto del miedo. El desabastecimiento; funcionó como la primera vez que el mundo vio la pólvora, fugaz pero efectiva, en pocos días era generalizado, cosas que nunca se pensó que tuvieran un alto valor, se negociaban en el mercado al mejor postor. Los tapabocas, producto casi que exclusivo para los médicos y odontólogos, se convirtieron en el siguiente grito de la moda: los grandes diseñadores, se colocaron al frente del asunto y *Abelcas*, sacó la primera colección para temporada de tapabocas con diseño e incrustaciones en cristales de Swarovski, a la módica suma de 300 euros cada uno, pero si se combinaba con los overoles anti fluidos, el paquete se convertía en la módica suma de 1000 euros, un valor nada despreciable por una pinta informal para ir al supermercado.

La crisis financiera se hizo más fuerte, pues las empresas, comenzaron las cancelaciones de los contratos a sus empleados, los aviones quedaron en tierra, una escena de película postapocalíptica, países en cuarentena, museos, teatros, bares, restaurantes, acumulando telarañas, pues era imposible que fueran visitados. Todo por los controles necesarios para evitar, el incremento de la famosa curva. Para todos aquellos que nunca se interesaron por la geometría, era tema obligado todos los días, que si subió, que si se mantuvo, que si bajó. Era de vital importancia para todos, que pasaba con la mencionada curva, pues de ella dependía, si manteníamos el encierro o si podíamos disfrutar de una caminata alrededor de nuestras casas.

Pero ya era la situación difícil, y otro obstáculo, se cruzó en el camino, el único bastión, que quedaba y en el cual las familias, se sentían seguras, comenzó a ser vulnerado por los ladrones. Claro era de esperarse, después de los 5 primeros meses, en los cuales, la gente dejó de salir, ya les era imposible entrar en las viviendas, pues estaban ocupadas todo el tiempo y en ese punto fue cuando se complicó aún más la situación, ciudades como Ámsterdam pasaron de 200 a 2000 robos reportados en un solo mes, pero no solo era Holanda, la que estaba pasando por una difícil situación, en Colombia, la policía tuvo que tomar la decisión, de llamar a todos sus miembros, que se encontraban en vacaciones o licencia para regresar al trabajo. Cuando menos nos dimos cuenta la situación era generalizada, en todos los países, la seguridad, se había complicado en unos niveles, que los expertos nunca habían proyectado.

Claro que no todo era oscuro, los negocios de personas, que se adaptaron rápidamente a la situación florecieron, el internet, las redes sociales, las aplicaciones de charlas, fueron las principales herramientas, para los negocios a domicilio, ya no solo se enviaba comida, sino cualquier servicio. Desde el lavado de su perro, hasta el estilista, el cual entraba al hogar con todo un protocolo de sanidad, para prestar sus servicios, pero no fue tan fácil para todos reinventarse. Los odontólogos fueron los primeros en quedar al final de la lista, a medida que el gobierno, realizaba avances, para dinamizar muchos sectores, ellos continuaban dentro del vaivén político, en espera de la aceptación de protocolos de salubridad para poder volver a su trabajo. Muchos fueron los que no resistieron, los seis primeros meses de la primera pandemia, tuvieron que cerrar sus negocios, inscribirse en listas de sociedades odontológicas para pedir ayuda con mercados, elementos de bio seguridad y hasta dinero. Y solo habían pasado los seis primeros meses, para todos aquellos que lograron superar esta etapa, comenzaron su trabajo y era realmente espeluznante una visita al odontólogo. Al llegar la toma de temperatura, con el termómetro sin contacto, al cual ya le habían hecho mala fama, porque su luz del apuntador, la habían convertido en las redes sociales, en un fuerte rayo láser que destruía la retina y mataba las neuronas. Una vez superado, nos encontrábamos con un astronauta, porque era la manera más fácil describirlo, comenzado por sus pies cubiertos por polainas, que empataban con un overol el cual los cubría de pies a cabeza y sobre él una bata, todo antifluido y anti microbial, los respectivos guantes de látex, colocados debajo de los guantes de nitrilo, un tapabocas, que filtra el 95 % de las partículas, unas gafas de seguridad y por ultimo un visor. Una vez sentados, el interrogatorio, ¿Cuándo fue qué? ¿En qué parte fue? ¿Con quién he tenido contacto? Parecía interrogatorio realizado por expertos en espionaje, para finalmente reparar una pequeña caries, pero era lo necesario para poder cuidarnos entre todos.

Finalmente, el tiempo paso y los médicos y esfuerzos mundiales, lograron encontrar un medicamento, el Xitxo-24, inhabilitaba el virus en 24 horas, pero había una pequeña condición, debía estar infectada la persona para que tuviera efecto. Los controles finalmente después de muchas muertes, fueron efectivos y progresivamente, se retornó a la supuesta normalidad en la vida de todos, Sí supuesta, ya era noviembre del 2021 y todo parecía que quedaría en el pasado, pero algo nos esperaba a la vuelta de la esquina. 2022 y 2023 transcurrieron en calma, pero para marzo de 2024, volvió la pesadilla, comenzaron los reportes, de una enfermedad que afectaba no solamente los pulmones, sino también los ojos, la llamaron Merk-3, mucho más rápida que su predecesora, se caracterizaba por que los ojos se ponían de color violeta 12 horas antes de que la persona muriera. De nuevo comenzó el pánico, no se tenía claridad, en su forma de contagio, por lo cual fue necesario de nuevo, extrañar los abrazos, los besos, y las caricias afectivas. El encierro esta vez fue mucho más estricto, pero para tranquilidad de todos, ya sabíamos cómo funcionaba el asunto, todos en casa, solo sale uno por familia, los mayores con extremas medidas y la consigna «de esta salimos», pero de nuevo la naturaleza nos jugó una mala pasada, los jóvenes fueron su principal objetivo, los ancianos y personas mayores de 50, fueron los que salieron a trabajar, pues los jóvenes, enfermaban rápidamente y sus ojos se convertían en color violeta, sin ninguna razón aparente.

Ellos realizaron marchas por su derecho al libre desplazamiento y como estudiantes que eran la mayoría, las instituciones salieron en su apoyo. Todo sucedió el día que los «estudiantes hablaron», el 14 de mayo de 2024, a nivel mundial se pusieron de acuerdo. Lo que complicó más la situación, después de la gran marcha de los jóvenes por sus derechos.

En 24 horas el panorama era desolador, habían muertos por doquier, las entidades sanitarias, solo podían recoger cadáveres en volquetas, camiones, carros fúnebres, para llevarlos a fosas comunes y llenarlas de gasolina para quemar los cuerpos y así contener el avance. Todo fue muy rápido, porque la soberbia de la juventud, fue la mejor aliada del Merk-3. La población joven de todo el planeta se había reducido considerablemente, lo cual ocasionó que las personas de edad tuvieran que regresar a trabajar, para suplir los espacios dejados por los más jóvenes. Con una mejor disposición y cultura diferente, donde el cambiar de empleo, no era lo usual, se comenzó a construir todo de nuevo, pero no sin dejar una huella profunda en el corazón de todos, al entender que la anarquía, no era el mejor consejero.

Y llego el año 2028 «el año del dolor», así lo bautizaron como ya estaban acostumbrados a hacerlo, cada que un evento catastrófico azolaba el planeta, este año fue producto del Kandal-14, porque solo en catorce horas, producía la muerte, llegó como un reclamo de la naturaleza, a todos los desmanes que la humanidad, había creado a través del tiempo. No tuvo piedad, con niños, jóvenes, ancianos. Solo unos pocos, por obra de la evolución, eran inmunes al virus. Los «Escogidos», como se hacían llamar, fueron de todas las razas; hombres y mujeres de diferentes edades, tenían la capacidad de atender, a sus congéneres humanos, sin ninguna protección y lo que los hacia mejores, era su resistencia natural a la última y más dolorosa oleada de las pandemias. Todo sucedió en tan solo 2 meses. Dos meses que marcaron la memoria de aquellos que quedaron vivos, el respeto que se debe tener hacia la naturaleza, cuando ella desea retomar el control.

Sergio Pinzón Amaya

El diluvio

África continente de encanto, bellos atardeceres, y un clima con temperaturas altas, rodeado de encanto, donde el respirar para el foráneo, era marcado, por un profundo sentimiento de arena en la garganta había cambiado. Como todo lo que venía sucediendo, parecía sacado de un cuento macabro al mejor estilo de Stephen King, mientras al mundo anunciaba su visita el Merk-3 que comenzó un diciembre de 2023.

Una perturbación en el ambiente que algunos la atribuían al cambio climático, otros a las tormentas solares, pero lo más importante era que para todo un continente, su forma de vida, nunca volvería a ser igual.

Los reportes iniciaron con pequeñas lloviznas, con el comienzo de la navidad, pero para el 7 de diciembre, amanecieron con una gran sorpresa; cuando debía despuntar el sol, un raro fenómeno comenzó a llamar la atención de los pobladores; se observaba en el cielo, como si el sol se encendiera y se apagara, esto duró cerca de 10 minutos y retornó la normalidad, pero, siempre hay un pero, 20 minutos después comenzó el diluvio, una lluvia muy fuerte acompañada de tormentas eléctricas. Para todos al comienzo no pasó de ser más que algo inusual, pero la situación no cedía, algo muy raro para un continente donde las lluvias no son lo acostumbrado, el cielo se tornó de un color violeta, como un recuerdo amargo de lo que estaba sucediendo en el mundo. Terminó el primer día de lluvia y los expertos, de nuevo los expertos, crearon múltiples teorías acerca de lo que estaba sucediendo, pero en lo que todos coincidían era que solo era por poco tiempo. Lo que sucedió estaba como siempre lejos de lo que los expertos habían pronosticado. El calendario marco el siete, el ocho, el nueve, el diez, el once y el doce. Una semana completa, y la lluvia continuaba con la misma intensidad, el cielo estaba roto, y estaba lloviendo lo que no había sucedido en 2000 años. Allí fue cuando comenzaron los problemas. La mayoría de las ciudades no tenían sistema de alcantarillado, acto para ese volumen de agua, habían superado claramente a Mawsynram ubicada en el estado de Meghalaya en la India, lugar más húmedo del mundo, con una precipitación anual de 11,871 milímetros, la cual se quedó corta para el reporte el primer día de lluvia.

Los lugareños no estaban acostumbrados, a una lluvia constante, ni sus indumentarias estaban diseñadas para ello. Para el 25 de diciembre, las calles eran verdaderos ríos, entre la arena y el agua, se creaba una amalgama que tapaba todo, las carreteras se hicieron intransitables, debido a que la estructura de las vías, estaba totalmente deshecha por el agua y por las grietas producto del peso de los automotores al circular.

Las primeras en ponerse en funcionamiento fueron las calesas, cada vez más utilizadas en vez de los vehículos. Debido a la altura promedio del agua, los vehículos cada vez más fácil quedaban atrapados en las vías, debido a fallas en sus motores, lo ideal eran los vehículos anfibios, pero de estos había muy pocos. Interminables filas de vehículos varados, llevo a tomar la decisión que este no sería el mejor medio de transporte y fueron abandonados en cuestión de días, para dar paso a otro negocio muy lucrativo, los expresos solicitados por medio de aplicaciones o herramientas de chat para las calesas. Se recogía a las personas con extensiones desde su domicilio hasta la calesa, habían de todas las formas y colores, desde metálicas extensibles, hasta simples tablones de madera. Cada vez fue más difícil para las Calesas, cumplir con su deber, puesto que el nivel del agua continuaba subiendo todos los días.

Para el año nuevo, el nivel ya tenía un metro, las estructuras de las edificaciones, estaban seriamente deterioradas, lo que los obligó a convertir los primeros pisos de las edificaciones, en estructuras dentro del agua, e inventaron de todo, para poder fortalecer los primeros pisos. Lo que sería, la vida social, cambió definitivamente al segundo piso, las ventanas se convirtieron en puertas, y las bohardillas se convirtieron en habitaciones. Toda la navidad y el año nuevo transcurrieron, en un continuo cambio, de actividades para ajustarse a la nueva forma de vida. Finalmente, con el pasar de los días, las calesas no pudieron realizar sus tareas debido al nivel del agua, los animales, se tuvieron que recoger y la vida sobre la tierra llegó a su fin. Las falucas, era un escenario digno de verse, en otrora época, las calles congestionadas por los vehículos pasaron a serlo con las falucas. Aunque ahora ya llovía menos, porque había espacios del día donde escampaba, aún las lluvias eran demasiadas. Para el año nuevo, el Cairo y muchas ciudades africanas estaban totalmente inundadas y el valle de los reyes corrió con la misma suerte.

Con la subida del nivel del agua la vida acuática, llegó a su clímax, la base de la alimentación se convirtió en el pescado. Los vegetales fueron sembrados en pequeñas parcelas, pues el clima favorecía mucho, el agua lluvia estaba llena de nutrientes, lo que contribuyó a que prosperaran las parcelas aéreas, las cuales se crearon sobre los techos y azoteas de las, que ahora eran una difícil mezcla de estructuras entre casas y fincas. Era uno de los negocios más lucrativos que se podía tener. Con el ejemplo de cambio del África se pensó, que todo el mundo, pasaría por esta situación, pero no fue así. Con el tiempo, y paciencia, se comenzaron a observar los días soleados, la temperatura bajo hasta situarse, en unos 18 grados, y finalmente para julio de 2024 se estabilizó en 20 grados, África, estaba sumida bajo el agua y todas las predicciones, de un mundo acuático se habían cumplido en este continente.

Debido a las dificultades climáticas que tuvieron que afrontar sus moradores, el virus, que estaba barriendo con el mundo, no había logrado encontrar condiciones favorables para su dispersión. Sí, hubo casos, pero la situación no fue tan dramática como en otras partes del planeta. Este fue uno de los dos continentes donde el día que los «Estudiantes hablaron», no tuvo tanto impacto.

Si faltaban secretos de la cultura egipcia por desenterrar, ahora sería casi imposible recuperarlos y solo quedaba pensar que estuvieran a salvo en sus bodegas debidamente selladas.

Solo quedaba un bello recuerdo de las grandes pirámides y eran solo sus picos los que se observaban en el gran lago de la oscuridad «Ziwa kubwa la Giza». El gran lago se convirtió en centro obligado de viajes, para recibir su iniciación. Sí, todos viajaban al gran lago de la oscuridad, porque era allí donde todos, comenzaban su camino religioso, su camino espiritual. Cualquiera que fuera la alternativa que se tomara comenzaba allí y estaba íntimamente relacionada con la única religión que para entonces existía sobre el planeta tierra.

Sergio Pinzón Amaya

La horda kamikaze

En su fase gregaria, se convierten en unos seres monstruosos, aquellos que en otros tiempos serían unos seres solitarios y calmados, que cada día devoran su propio peso en materia vegetal fresca. Se mimetizan fácilmente entre las hojas, poniéndose a salvo de su principal depredador el escorpión del viento, que solo habita en África.

Aunque en África, se han estudiado mucho y se sabe que llegan con la temporada de lluvias, en Kazán en Rusia, tienen totalmente despistados a los expertos, sobre todo por su último proceso, la muda imaginal, en el cual se cuelga de cabeza, recordándonos al ahorcado, que queda a expensas de las circunstancias, durante estas dos horas, tan importantes para su mutación, hace acrobacias para salir de su antigua piel, y como el mejor de los malabaristas, se contorsiona para dejar su cuerpo atrás, pero un movimiento brusco le podría propiciar una herida de gravedad o la muerte, después extiende sus alas a la nueva vida, pero debe esperar unas horas para poder volar, el tiempo que demoran sus alas en secar. Ahora su antiguo color verde, se convirtió en un color marrón y pasó de dar brincos a poder volar, siguiendo en su fase solitaria, volando de noche para conseguir alimento, para lo cual puede viajar en un solo vuelo hasta 100 km.

Su primer paso a través de sus feromonas es comenzar su proceso reproductivo. En solo dos días su población creció 1000 veces. Al estar infestada el espacio, a medida que su número aumenta en un área tan reducida, su contacto visual y físico, crea un golpe, un fenómeno del mundo animal, llamado agregación. Esta nueva clase de langostas, adaptadas a la vida en grupo, cada uno en una fase diferente de crecimiento, demuestra que un enjambre estaba en camino, el cual se convirtió en una horda.

En solo una semana, la situación estaba fuera de control, los expertos de Kazán, que nunca habían tenido que luchar contra esta plaga, estaban improvisando, y pidiendo ayuda a los expertos africanos de Mauritania, pero todo lo que había funcionado en África, por extraño que parezca, no funcionaba en Rusia. Los pesticidas que, en otra época fueron eficaces, realmente no funcionaban, era como si esta nueva familia, estuviera decidida, a no dar un paso atrás.

Antes que se pudieran dar cuenta, en Kazán, todo estaba arruinado; hasta el cultivo más protegido, estaba totalmente destruido; como si fueran seres más inteligentes que los humanos, lograron colarse en las pequeñas filtraciones, que tenían los grandes cerramientos, que habían construido para los cultivos con un plástico parecido al de invernadero, pero con cualidades más actas para el desarrollo de cultivos.

En los primeros días, se colaron por las rendijas, pero con el paso de los días, arremetieron como soldados kamikazes, perforando los plásticos como balas, como si fuera su función de vida, muchas cayeron, en el campo de batalla para que sus compañeras de batalla pudieran cumplir con su cometido, pulverizar los cultivos hasta sus raíces.

Solo había pasado un mes. Para el 12 de abril de 2024, Rusia estaba declarada en emergencia, pues todos sus cultivos habían sido arrasados, las hordas crecían en tamaño, y las llamaron la «nube negra»

Como un ejército, su coordinación fue milimétrica, se separaron, en escuadrones de la muerte y planificaron su ataque. La nube negra primero avanzo hacia Letonia, su tiempo de llegada, superó todos los pronósticos, en tan solo 4 días, habían terminado con todo a su paso y recorrido, más de 1.400 km, con una efectividad sorprendente, pero de manera simultánea. La segunda oleada estaba viajando hacia Mongolia, una distancia más ambiciosa, más de 8.000 km, con la misma efectividad de la primera, rompiendo las barreras invisibles de los estados, en 26 días, la horda, se encontraba posicionada en Mongolia, como si fuera su puesto de avanzada para seguir su nuevo plan, de manera precisa, la tercera ola, había viajado 6.000 km, hasta el centro de Kazajistán. Para ese momento, las reservas de comida de Rusia estaban seriamente comprometidas.

Mientras la primera Horda, hacia lo suyo, se desplazó por Bielorrusia y Ucrania, para continuar con su plan estratégico y unirse a la tercera oleada en Uzbekistán.

Una vez unidos su poder y eficiencia, se duplicó y la «nube negra», se asemejaba a la oscuridad de la noche, así fuera medio día. Esta nueva oleada, la cuarta oleada, siguió su recorrido por Turkmenistán, Irán, Afganistán, Pakistán y la India. En este punto se creía que Nepal sería una barrera natural infranqueable, pero de nuevo pasó lo inesperado, la cuarta oleada se unió a la segunda, en China, este gran ejército, con un número incontable de soldados dispuestos a todo, se parecía a los otrora samuráis. No había cultivo por extraño que fuera, que no desapareciera en minutos. Finalmente, las hordas unidas como una sola; la quinta oleada, finalizo su viaje a través de Tailandia, Vietnam, Malasia e Indonesia, perdiéndose en las profundidades del mar abierto, dejando a su paso solamente hambruna y desolación.

.

El fuego divino

Era el 25 de abril de 2024, un día como cualquier otro, en Australia, todo comenzó de manera usual, era un día soleado, sin una nube en el cielo, todo muy tranquilo, pero hacia las 12 del día, la calma se vio interrumpida por un fuerte temblor; que estremeció a todo el país.

Los primeros cambios se vieron en el río Larapinta, el más antiguo del mundo. El reporte llegó de una voz temblorosa de uno de los pobladores *Aranda*. El río había desaparecido. En un gran hueco sin fin, el cual terminaba abruptamente, con una dimensión superior a los 5 km, como si hubiese sido creado por un gran taladro, tenía una circunferencia perfecta, y a simple vista, no se lograba observar su fondo, solo se podía ver, como se vertían millones de litros de agua, a un pozo sin fondo aparente. Este gran fenómeno natural, trajo a numerosos científicos, expertos, de nuevo los expertos, a este nuevo evento de la naturaleza, que pareciera querer desafiar todos los estudios previos, que el hombre ha realizado para entender su casa.

No alcanzó a pasar una semana, cuando de nuevo a las 12 del día se prendieron de nuevo las alarmas sísmicas. Esta vez Charles Francis Richter, nos daba el número del pánico a seguir, según su escala el 8; era un número que no queríamos escuchar, pero así fue. El epicentro, el desierto de Simpson, nos traería muchas sorpresas. Debido a las distancias, por el momento, no se supo nada más, pero algo había cambiado.

Se comenzaron a reportar grandes incendios, en zonas desérticas. Esto era totalmente inexplicable, ¿Cómo era posible? Numerosos incendios sin materiales para crear combustión. Ya más acostumbrados a ver que todas las leyes se rompían, que lo usual era lo extraño, que la regla ya no era lo normal. Se avanzó hacia este fenómeno con otra visión y postura. El fuego parecía danzar sobre el desierto recorriendo kilómetros para luego autoextinguirse; pero cuál era su origen, después de muchos sobre vuelos, en el gran rojo « Big Red», una gran llama de fuego emanaba de la tierra, en el momento de su sobre vuelo, el capitán del helicóptero solo acató a decir, hoy 2 de mayo de 2024, es la primera vez en mi vida, que veo un «Divinum ignem».

Con una altura mayor a los 300 metros y una circunferencia, mayor a 3 km, emanaba de la tierra, como si fuera un rayo, el fuego sin origen aparente, parecía una gran antorcha, de las cuales se desprendían, los danzantes.

Los danzantes eran, grandes porciones de fuego, que como su nombre lo indica, bailaban lentamente, al capricho de los vientos, los cuales los llevaban grandes distancias. La capacidad de los cuerpos de bomberos, estaba muy lejos de poder tener la experiencia y experticia para poder controlar, al fuego divino. Como emanado de la mejor parte de cualquier libro sagrado, estos fuegos parecían tener mente propia y como todo lo que estaba sucediendo en la naturaleza, hacían parte del gran plan; divino o no, era imposible que todo sucediera al tiempo.

Esta era la última expresión de la rebelión de la naturaleza, o eso era lo que nosotros creíamos, el mundo no se podía convulsionar ni resistir más. Pedíamos que no fuera más pero ya era muy tarde, este plan había comenzado a andar, muchos años atrás, cuando las mejores épocas de consumismo en el mundo tuvieron su plenitud. Cada efecto tiene su causa, y era totalmente imposible, borrar esa causa. Era el momento de recibir las consecuencias del daño que produjeron los que no conocimos, pero nunca estuvieron ni cerca de pensar, que alguien debería pagar el precio, a su irrespeto con la naturaleza y nuestro planeta.

Fueron muchos los que llegaron al gran rojo, a tratar de apagar el fuego divino, sin ningún éxito, pues los mecanismos que utilizaron para apagarlo, lo único que lograban eran incrementar su fuerza. Fue mucho el tiempo que pasaron los expertos, si de nuevo los expertos, dando explicaciones, creando teorías, de cómo se había creado y el porqué. Pero nada de esto, explicaba los danzantes, los cuales surcaban el país en todas direcciones. Con el paso de los días, todos comenzaron a coincidir en algo, los danzantes eran incontrolables, eran impredecibles, lo cual hacía que solo pudieran actuar de manera reactiva.

Como si la situación ya no fuera difícil, 9 días después, en *Uluru*, en el monolito de caliza, hace su debut, el segundo fuego divino, de características similares al primero. Un sitio sagrado para los *Anangu*. Era la confirmación que su designación era correcta. Un mundo entero había girado sus ojos a este majestuoso evento de la naturaleza, ya eran dos los fuegos divinos, lo que permitió que los danzantes, se encontraran como enamorados, que buscan con desespero a su pareja, para unirse en una seducción total. Estos fuegos producidos por los efectos de los danzantes, se caracterizaban por su color, el cual al unirse cambiaba de amarillo a cobrizo, y demostrando a su paso, la fortaleza de uno de los elementos más controvertidos de la naturaleza, el fuego.

Nuevamente avanzó el calendario, y ocho días más tarde Australia, estaba en alerta roja, pero no por algo conocido y controlable. Estaban esperando lo inesperado. Llegó el día noveno y cerca del mediodía, como lo vaticinaron los psíquicos europeos, llegaría el tercer fuego divino, pero ¿Dónde?

De nuevo la tierra rugió; y rápidamente todos los servicios sísmicos, reportaron el nuevo evento, esta vez fue en Tennant Creek. Los conspiradores, comenzaron sus teorías, sobre distancias, medidas y todo aquello, que pudiera servir para explicar, que podría suceder en un futuro. Pero todo es un ciclo, de causa y efecto, que regularmente, no comprendemos. Con los danzantes del tercer origen, sucedió todo lo contrario, al unirse a los otros dos danzantes, automáticamente se neutralizaban, como el mejor extintor del mundo. Nunca pudimos entender, como funcionaban los danzantes y como se autoextinguieron, pero este será otro secreto que la naturaleza guardará por un buen tiempo. Finalmente, los fuegos divinos tomaron condiciones aceptables de seguridad para su visita y se convirtieron en la nueva maravilla del mundo.

El silencio

Fue a comienzos de julio de 2030, como ya estábamos acostumbrados a los cambios, este no tuvo mucha importancia, el sol cambio de intensidad, todo sucedió en un lapso de 23 días. Los reportes por quemaduras de sol, se hicieron más frecuentes, inclusive en personas que, por esta época usual de vacaciones, no estaban en las playas ni expuestas a los rayos solares.

Todos comentaban acerca de lo fuerte que se había vuelto el sol, que sus rayos llegaban con más fuerza, que quemaban más rápido y que las temperaturas a nivel mundial habían superado los estándares de estas fechas.

Como todos ya sabíamos, los primeros efectos se habían comenzado a ver a fines de junio de 2030, los cambios estaban mostrando que algo estaba cerca de suceder, pero que nuevo desafío nos traería nuestro astro, que siempre había sido nuestra fuente de vida y desarrollo de la naturaleza. ¿Será este otro reto que la naturaleza nos pone?

Efectivamente fue así. El 19 de julio de 2030, todo comenzó, los primeros en sentir su efecto fueron los habitantes de la longitud 80 oeste. Una gran tormenta solar, era el tema en canales de televisión y redes sociales; con mensajes desde que se va a acabar el mundo, en los cuales muchos grupos religiosos, invitaban a sus feligreses a realizar su última contribución, llevando dinero y pertenencias a sus instalaciones, pues para el día siguiente, ya no serían necesarias puesto que el mundo acabaría en unas horas.

Eran las 6:00 de la mañana y en el noticiero matutino, ya estaba un profesor en astro física, si un verdadero experto, un estudioso de las estrellas, los planetas, las galaxias, los agujeros negros y demás objetos astronómicos como cuerpos de la física, incluyendo su composición, estructura y evolución. El astrofísico Ivánovich Pinama, en compañía de su hermano Heinz Pinama, físico solar, dando las explicaciones acerca de lo que estaba sucediendo en esos momentos.

Sobre las 4:00 am, el satélite Skywalker de la NASA, detecto una eyección de masa coronal, que es una explosión de nubes de plasma al espacio producidas por el sol. Esta era la tormenta perfecta, confirmada por la misión internacional y por el telescopio Hubble.

Una gigantesca nube fue eyectada del sol y se dirige hacia la tierra a razón de 3000 kilómetros por segundo, todos los servicios de alerta a nivel mundial, están intercambiando información, para tratar de establecer cuál es su efecto. Once horas más tarde, el satélite Moon IV, que está en línea directa con el sol, confirma el peor escenario posible, antes de salir de servicio.

Las noticias corrieron como pólvora en los medios gubernamentales del planeta, pero sin poder llegar a hacer absolutamente nada, porque tan solo 9 minutos después, la gran nube estaba impactando nuestro hogar.

Para los neófitos en auroras boreales, se convirtió en un espectáculo a nivel mundial, se veían en muchos lugares del mundo. Uno a uno los satélites fueron saliendo de servicio, haciendo más difíciles las comunicaciones, hasta el punto que a nivel satelital, hubo un silencio casi sepulcral. Todas las comunicaciones a nivel satelital habían cesado. Era la primera vez que todos los sistemas de defensa de la guerra de las galaxias estaban obsoletos, pero las cosas no pararon allí, unos segundos más tarde, se comenzaron a reportar los daños en las líneas de conducción de alta tensión y para la media noche, los sistemas de distribución de agua y gasolina habían colapsado.

Nuestro amigo fiel por muchos años Internet, estaba fuera de servicio; por ende, estábamos totalmente incomunicados, sin correo, sin llamadas, sin redes sociales, sin saber que estaba sucediendo. La mayor parte de los electrodomésticos, que estuvieron conectados durante la tormenta, estaban totalmente dañados, los celulares no servían, en pocas palabras estábamos viviendo un efecto sin precedentes para la humanidad.

No solo fueron los electrodomésticos los que fallaron, durante un solitario segundo se perdieron muchas vidas, por la fuerza de empuje del efecto Compton derivado de la tormenta. Todas las personas que tenían en sus cuerpos cualquier tipo de dispositivo electrónico desde Desfibrilador cardioversor implantable «DCl», en adelante cayeron, en el mismo segundo que los alcanzo el pulso electromagnético «PEM».

Todos habíamos aprendido del pasado, que uno de los elementos más importantes, era el agua y este era uno de esos momentos. El buen recaudo y las experiencias anteriores, que se habían suscitado por fenómenos diferentes nos habían enseñado que podemos vivir sin comer varios días pero no sin agua.

Los efectos a nivel económico fueron devastadores, las primeras en caer fueron las bolsas, pues al no tener como reflejar su actividad a nivel mundial, entraron en pánico y colapsaron. Todo porque la base de operación era totalmente electrónica.

El mundo no sabía, como sobrevivir sin tecnología; las presas, ahora fuera de control, sobrepasaron su capacidad, debido a los terremotos que se presentaron debido a la fuerza del «PEM» y rompieron sus grandes escudos de concreto arrasando valles enteros. Muchos fueron los reportes de inundaciones y de daños estructurales irreparables. Lo que le había costado al hombre construir durante mucho tiempo, nuestro imponente y hermoso astro, había destruido en unos segundos.

Con el paso de los días, las cadenas de radio, fueran las primeras, en entrar en funcionamiento. Desde hacía muchos años atrás, la banda de AM, había entrado en el olvido, pero esa fue la primera transmisión que se escuchó después de muchos días de silencio. Todos hubieran pensado que esa primera transmisión la realizaría un coloso de las comunicaciones pero no fue así, fue una cadena radial de un colegio del Estado en Bogotá Colombia. La emisora del colegio distrital INEM de Kennedy, con su primer programa un reporte del tiempo local.

Con las experiencias del pasado, que comenzaron con las pandemias, aprendimos que debíamos tener siempre dinero en efectivo y esta no fue la excepción, los cajeros estaban fuera de servicio y las colas en los bancos eran interminables, debido a que toda la información que estaba almacenada en medios magnéticos, se había perdido o estaba corrupta. Era un verdadero caos, con dinero pero sin poderlo obtener, era muy complejo poder demostrar la cantidad exacta que se tenía en los bancos, pero para ese entonces, las bodegas de respaldo antimagnéticas eran una obligación porque estaban definidas dentro de los estándares de seguridad de la información, lo que permitió recuperar la información bancaria una vez se restableció la infraestructura tecnológica . Con el paso de los días, regreso la televisión, para finalmente después de 90 días, de nuevo era lanzado internet, como Internet II.

Los satélites siguieron sin funcionar pues, no existía posibilidad cercana de volverlos a lanzar. Ese día pasó a la historia como «el día que cayeron lo satélites», aunque los grandes colosos de las comunicaciones, realizaron sus mejores esfuerzos para restablecer sus infraestructuras de comunicaciones. Nunca nos habíamos enfrentado a que la disponibilidad estuviera restringida por la alta demanda, llegando a entrar en cola hasta de un año para obtener repuestos, de alta complejidad y baja utilización. Los mejores conocedores de abastecimiento estratégico, se darían gusto analizando esta situación, para establecer los mejores mecanismos y las mejores prácticas nunca antes vistas.

En un esfuerzo nuevamente sin precedentes. Los gobiernos de la India, Estados unidos, Japón y China, se unieron en lo que llamaron la corporación Zénit. Una iniciativa de carácter gubernamental, para poner en funcionamiento 100 satélites de comunicaciones en un plazo de 6 meses. Esta era una iniciativa, muy extraña, el proyecto se dirigía por un grupo de 4 cabezas. Mónica Yahaira Brahman, por la india, Por Estados unidos Francina Smith, por Japón, Yelitza Tanaka y por China Mauricio Chan. Era un plan muy ambicioso en el cual Estados Unidos, aunque hizo todo lo posible por imponer su autoridad, le fue imposible pues el otrora líder mundial y potencia cada vez más se parecía a un país del tercer mundo. Como todo esfuerzo, la primer pelea se lidió, no en el ring de la tecnología, sino en el territorio de las comunicaciones. Después de muchas reuniones se estableció como idioma del proyecto el mandarín.

Para evitar errores del pasado que se presentaron en el proyecto Antares IV, entre americanos e ingleses, no fueron los planos, las tecnologías, o el recurso humano. Fue algo que dieron por sentado. El sistema de medida, uno métrico y otro inglés.

El primer lanzamiento, se realizó con bombos y platillos, como en otrora tiempo, nos trae los recuerdos del primer y único viaje del Titanic. Era imposible no estar pendiente, lo que algunos llamaban; como el nuevo momento, debido a la manera como los científicos habían tratado de equipar los nuevos satélites, era un instante de regocijo para la raza humana. Una vez más nos enfrentábamos a la naturaleza y después de muchas pérdidas, de nuevo estábamos al frente del cañón, para escucharlo sonar de nuevo.

Esta iniciativa de Zénit, abrió la puerta a las corporaciones, que mostraban una débil línea, entre lo público y lo privado.

Como era de esperarse, al tener la cultura y fortaleza de los profesionales de empresas privadas, sin la intervención de políticos y oportunistas, debido a su blindaje en su creación; no les fue posible robar recursos , ni desarrollar corrupción al interior. Por eso la llamaron «El cristal». La primera empresa del mundo libre de corrupción.

La unificación

Todo comenzó en las Naciones Unidas, este organismo a través de los años, había tomado gran protagonismo a nivel mundial. Todas las grandes decisiones se llevaban ante ésta entidad, y la corrupción global, no fue diferente; ante la imposibilidad, de los gobiernos de controlar la corrupción, se vio la necesidad de tomar una decisión global única estable y coherente para todos los Estados.

Así nació la división «Hotagon». La finalidad de Esta división era establecer una política clara de anticorrupción; como bien lo sabíamos por todas las experiencias del pasado, esto era totalmente imposible. La mejor decisión era tomar una política clara y contundente respecto a este flagelo, que a la mayoría de los países los tenía sumidos en una pobreza infinita. ¿Pero cómo hacerlo?, después de algún tiempo analizando el comportamiento de los países en el pasado, se observó un fenómeno con excelentes resultados. En Wiataning un país del Asia, se creó la primera oficina experta en anticorrupción, unida a la pena de muerte; acabó con ese flagelo, en tan solo un año.

«Hotagon», rescató esa iniciativa y la convirtió en una política mundial, pues era necesario para ese entonces , que los recursos llegaran en cantidad y calidad a quienes realmente los necesitaban, puesto que esta era la premisa con la cual se había fundado la división.

La noticia automáticamente tuvo sus detractores, los corruptos coludidos en los gobiernos, fueron los primeros en oponerse a dicha política, pero para ese momento, los pensamientos y movimientos que los gubernativos de los países, pudieran hacer estaban destinados al fracaso. Seguidos por las Ongs, porque rechazaban enfáticamente, el hecho de que la única solución fuera la pena de muerte, entidades como «Visor de derechos humanos» pusieron el grito en el cielo, porque se estaba atentando contra los derechos a la vida. Estas organizaciones, nunca tuvieron en cuenta la cantidad de personas que murieron debido a los grandes caudales de dinero que se desviaron debido a la corrupción. La gran pregunta que todos hacían y que sirvió de soporte para la «Notificación negra» fue. ¿Dónde están los derechos de todos aquellos que perdieron su vida debido a los dineros que robaron los corruptos?. En África como bien recordamos cuando por motivo de las lluvias, este continente cambió su forma de vivir sentir y pensar. Corruptos si los corruptos fueron los que acabaron con la mayor parte del dinero que estaba destinado a mujeres, niños y ancianos sin hogar.

Por tal motivo la única vía posible para frenar este flagelo era, ¡la pena de muerte!, frío sonó, muy duro en un comienzo pero la experiencia había demostrado, que sólo las grandes penas hacen que los maleantes recapaciten antes de cometerlas. Nunca hemos visto que un maleante, con una reprimenda o con unos días de cama y comida gratis en una cárcel, cambie su manera de pensar de cómo hacerle daño al prójimo.

En un solo día, el 11 de marzo de 2033, la división «Hotagon», desmonta las Naciones Unidas y se convierte en la Corporación «Hotagon», lo que otrora fuera, una división de esta organización. Pero ¿Porque lo hizo?, descubrió que muchos de sus notables miembros, eran acreedores a la «Notificación negra», que no era otra cosa, que el portafolio de pruebas, necesarios para aplicar la pena capital.

Así fue, que con muy pocas deliberaciones y con las manos prácticamente atadas, porque ya se había intentado hasta lo imposible, había que cambiar de forma de pensar, de actuar y ser contundentes para acabar con la mala Hierba que se había diseminado por todo el planeta.

Era la primera vez que a nivel mundial se establecía la pena de muerte, sí era la pena capital y esta era ejecutada por la policía incorruptible, llamada así porque, primero era la mejor pagada del mundo, segundo todos sus miembros tenían un amplio conocimiento profesional de su trabajo y habían dedicado por lo menos 5 años de su vida, a estudios sobre economía, finanzas, ciberseguridad, fraude y todos los temas necesarios para descubrir los entramados, que los expertos en corrupción habían aprendido a ser a través de los años, por lo cual para este grupo después de unos cuantos meses de trabajo era muy sencillo poder determinar qué se debía hacer. Por último pero no menos importante, todos sus miembros habían sido sometidos a un fuerte entrenamiento físico y mental, para poder llevar acabo su tarea sin reproche alguno. A este grupo se le denominó los «Ergons».

Como cualquier esquema policivo, tenían una distribución administrativa, que reportaba directamente a «Hotagon», pero de manera reactiva, lo cual impedía, que dentro de «Hotagon», se favorecieran a todos aquellos que estuvieran en la lista de notificaciones negras.

Contrario a las expectativas, que creyeron que no fuera posible, a los «Ergons», les tomo 5 años, limpiar los grandes territorios, que para ese entonces, estaban divididos en tres, aunque las denominaciones de los países como los conocimos continuaban. El primer gran territorio que se formó, fue Europa, llamado también el territorio azul, como un recuerdo a su bandera, el segundo áfrica, o territorio amarillo por sus desiertos, después Asia y Oceanía el territorio gris, y por último América, el territorio rojo.

Todo comenzó con las cabezas visibles de la corrupción, en los diferentes países, con el eslogan «Sigue el dinero». Nunca se caviló que fuera posible. Pero sucedió; los diezmadores, denunciaron a los políticos a los cuales les pagaban, por tener un empleo; en cuestión de una semana, las miles de denuncias, con sustento en videos, tenían a los «ERGONS», trabajando 24 horas, los siete días de la semana. Era el factor más difícil de encontrar y fue el más cómodo de ejecutar. Después fue seguir el camino de los grandes contratos, de las obras sin terminar y con su experticia en temas financieros y en control de proyectos, solo fue cuestión de tiempo, que las personas que estaban implicadas en los temas de corrupción, que firmaban, delataran a los corruptos que estaban en las sombras. Así fueron cayendo como fichas de dominó, muchos de ellos alegaron, buscaron respaldo en sus partidos políticos, Inclusive quisieron poner demandas por el derecho a la vida , pero los «ERGONS», eran rápidos, implacables y no existía dinero con que comprarlos, ni mecanismos para extorsionarlos, porque aunque todos sabían quiénes eran, muy pocos conocían acerca de sus familias, por lo cual no tenían puntos débiles que explotar.

Para frenar a los «ERGONS», fue mucho lo que trataron de hacer, pero esta vez, el brazo duro de la justicia llego a lugares, donde nunca se había visto la luz. Aunque la lista pareciera interminable; fue la lista en la que nadie nunca quiso estar.

Una vez, se consolido el poder y dominio de «Hotagon», las decisiones de los países, se convirtieron en temas locales, sin importancia y solo se establecieron leyes generales para todos los territorios. Esto sucedió sobre todo, debido a que ya no existía, por parte de los dirigentes un afán de crear condiciones para la corrupción, sino simplemente legislar en total transparencia y buscando el bien general de los pueblos. Por esta razón, al no contar con personas que su único fin era desangrar los países, se creó la figura de primeros ministros, en vez de presidentes que eran nombrados directamente desde «Hotagon» y que su principal directiva era que los dineros se invirtieran de manera eficiente y consciente.

Sergio Pinzón Amaya

El despertar

Después del día que «cayeron los satélites», la fe como se conocía hasta ese entonces, había cambiado. Muchos el día de la tormenta solar, perdieron todo, por propio gusto; ese día salieron corriendo a sus respectivas iglesias, a llevar sus posesiones, las cuales los más habidos expertos, recibieron rápidamente y con documentos hechos con el mejor blindaje, se hicieron poseedores de toda clase de bienes, casas, apartamentos ,carros, fincas, porque supuestamente, el mundo se acabaría al día siguiente y no era necesario tener nada. Se debía estar puro y sin apegos, para poder entrar en el reino de los cielos. El anuncio hecho por la naturaleza era claro, los más fieles, gritaban y se tiraban al piso, clamando por el perdón de sus pecados; las iglesias de garaje, abarrotadas por sus feligreses, realizaban canticos por un lado mientras desangraban por el otro. Ese fue el mejor día para muchos, pues sus otrora salas de reuniones, salas de culto, estaban llenas de pinturas y esculturas costosas hasta el techo, pues muchos estaban comprando puestos en el cielo y no tenían reparo en el precio.

¿Cómo sucedió todo?, para los más conocedores el pulso electromagnético, con sus cambios en el cielo y la aurora boreal en todo el planeta, era algo de esperarse, pero para los más ávidos fue el escenario perfecto, para confabular el fin del mundo.

Ese día muy temprano, la actividad era total en todos los centros religiosos, el representante de turno, se encontraba en su pulpito con su libro sagrado en la mano, gritando a sus fieles seguidores, invitándolos a entrar y agolparse, con todos aquellos, que ya habían llegado desde muy temprano. Mientras tanto tras bambalinas, los expertos conocedores de la ley, creaban pro formas para acertar el duro y contundente golpe que los haría muy ricos. Así fue que comenzó la «oleada de la fe». Solo fue necesario escuchar las palabras «¡como consta en los libros sagrados, este es el fin del mundo!», no se necesitó más pruebas, que un efecto climático, y unas pocas palabras, para que la secuela fuera inmediata.

Quedaba poco tiempo para hacer muchas cosas, despedirse de los seres queridos, solucionar viejos desacuerdos, decir la verdad a la persona amada; poner las cosas en orden, pero siempre está la asistencia.

Así retumbaban las palabras como si la física demostrara nuevamente la ley de resonancia. Fue el miedo el principal aliado de los mercaderes de la fe, con pocas palabras y mucha disposición de los fieles, que ya estaban acostumbrados a través del tiempo, a pagar para que alguien les solucionara sus peores pesadillas; desamor, desempleo, enfermedad, se trataban fácilmente con procesos de limpieza, ampliamente utilizados para sacar demonios.

Haciendo largas filas, para entregar a su pastor de turno, sus propiedades; se golpeaban unos a otros por ser los primeros en la fila. No fue suficiente ser en el pasado, el mejor diezmador, el tiempo era poco y los puestos en el cielo se estaban acabando. Lo más importante era alcanzar a tener uno, pues los puestos para toda la familia ya estaban escasos y solo se negociaban por grandes actividades comerciales; una casa, una pintura famosa, no eran tan importantes como el dinero en efectivo, claro que de efectivo no tenía nada, porque para aquella época, todos éramos ya cíborgs, porque teníamos incrustados el chip «Todo servicio».

Como ovejas al matadero uno a uno fueron entregando durante el día, todos sus dineros y todos los objetos de valor que tenían.

Al final del día, los centros religiosos de garaje, ya estaban planeando, como serían sus inversiones en los próximos meses, mientras que los fieles, con su corazón en paz, regresaban a sus casas a pasar los últimos momentos con sus seres queridos. Pero transcurrió, la supuesta noche que duraría tres días antes del fin del mundo y amaneció a la hora acostumbrada, para desilusión de muchos. Muchos de ellos percatándose de su error, corrieron rápidamente a hablar con sus líderes religiosos los cuales, con evasivas al comienzo, comenzaron el protocolo de aquietamiento y expulsión para aquellos que reclamaban con mayor vehemencia la devolución de sus bienes.

Lamentablemente para muchos, faltarían aún tres años para que las cosas cambiaran y los mercaderes de la fe, fueran objeto de «Hotagon».

Así fue de fácil, fue como quitarle un dulce a un bebé, todos aquellos que en alguna época tenían gran reconocimiento en sus estructuras jerárquicas de la fe, eran repudiados y difamados desde los púlpitos porque ya no tenían nada que ofrecer y si en cambio mucho que reclamar. En ese momento comenzó «el día que la fe colapsó».

Después de tiempos muy difíciles, la sociedad se volvió muy escéptica y era casi imposible que alguien hablara sobre temas religiosos. Las grandes religiones, ya habían colapsado porque sus estructuras a través de los años, habían mostrado todo tipo de aberraciones, desde pedofilia hasta asesinatos de sus grandes jerarcas.

Pero con el pasar del tiempos surgió, el movimiento religioso llamado «La luz del ser», que no era otra cosa, que la mano oculta de los mercaderes de la fe, que deseaban recuperar su negocio. Ya para ese entonces era un océano azul, el mejor negocio del mundo, el que había dado sus mejores réditos a través de los años, se debía volver a poner en funcionamiento, pero se debía cambiar la estrategia.

¿Qué hacer?, era la gran pregunta, el famoso diezmo ya no se podía poner en práctica, el temor a un ser superior, tampoco era viable, pues ya no tenía el efecto que había tenido eco en la ignorancia del pasado. Solo quedaba comenzar por el desarrollo espiritual para poderlo torcer en cualquier momento y convertirlo de nuevo en el mejor negocio del pasado, pero no fue tan fácil.

El primero en poner un freno fue el Estado con los impuestos, con los cambios de ley, ya no era posible tener excepciones, porque la iglesia ya no tenía poder en el estado. Esto no los detuvo pero si ralentizo su avance, con el pasar de los años «La luz de ser» era una sola a nivel mundial y era la primera estructura de carácter espiritual que dominaba en el mundo.

Nunca supimos de donde salieron los fondos, pero si sabíamos que deberían existir grandes capitales, que permitieran su crecimiento y fortalecimiento a nivel mundial, con una figura única el «Unificado espiritual» con base en el gran lago de la oscuridad «Ziwa kubwa la Giza», se hizo lo mismo que en el pasado con excelentes resultados, unir costumbres y ritos del pasado, con otros nombres, estilizarlos y rebautizarlos para su aprobación en todos los confines de la tierra.

El código «unius libri» o libro único, fue la herramienta final de unificación religiosa, en este libro estaban recogidas las diferentes enseñanzas de las viejas religiones, teniendo especial cuidado de evitar a los infieles, para que así, no fuera posible las dimisiones y la creación de nuevos cultos. Con buen gusto y fríamente estructurado el «unius libri», se convirtió en el libro sagrado, que soportaba la nueva creencia mundial y el «Unificado espiritual», que era su máximo representante, platicaba públicamente de este libro en diferentes idiomas todas las veces. Lo que había que rescatar del Unificado, era su capacidad de comunicación y su carisma, los cuales fueron el secreto mejor guardado, porque nunca supimos como apareció, ni cómo llegó a ser el máximo jerarca y por qué tenía tanto poder. Aún peor cual era el poder detrás del poder.

La prestidigitación

Fue una fría mañana del 3 de enero del 2053, como comienzo de año todo era lento, muchas empresas estaban de vacaciones y a la mayoría de las personas solo les interesaba, el terminar su período de descanso. Como era común siempre en fin de año era cuando se producían los cambios, en los precios y en todas aquellas cosas que afectaban al público en general. Ese año no fue la diferencia, pero esta vez nos afectaría a todos. Para esa época el dinero en papel como lo conocimos durante muchos años ya no existía, las tarjetas de crédito y débito, que el sistema bancario creó y que por mucho tiempo fueron fuente de ingreso, debido a que se cobraban las famosas cuotas de manejo, habían pasado a la historia. ¿Pero cómo fue esto posible? Recordemos el chip «todo servicio». Su comienzo fue, a mediados del 2020, cuando se implantaron los primeros chips, y Noruega, fue la primera en tener una compañía donde sus empleados, con un pequeño tubo de 12 milímetros, implantado, en su mano derecha, tenían acceso, a abrir las puertas, sacar fotocopias y comprar en las máquinas dispensadoras.

Era una empresa de vanguardia, todos querían trabajar allí, sin darse cuenta que eran los primogénitos del chip «todo servicio».

Con el pasar de los años, se implementó por medio de una política de salud pública, la necesidad de tener en tiempo real, la historia clínica de los pacientes. Esto se debió a que después de las pandemias, los cuadros clínicos presentados, eran muy complejos y era totalmente necesario conocer la historia clínica del paciente, en cada consulta que éste realizara en un centro médico o en caso de accidente.

Después se observó, con las mejoras tecnológicas, que la capacidad de conexión y almacenamiento de estos dispositivos era casi ilimitada, entonces se comenzaron a adicionar otras características, pero la más importante fue la implementación bancaria.

Con los resultados provistos por los análisis de las pandemias, era necesario evitar la transmisión, por medio de elementos como las monedas y los billetes, y fue cuando se suscitó el primer cambio financiero importante para la humanidad, el papel moneda desapareció.

Al tomarse esta decisión a nivel mundial, ya sabemos desde donde se produjo, desde nuestra corporación «H», que así ya la denominaban para ese entonces, todas las personas que quisieran tener, acceso al mundo financiero, debíamos tener un chip incrustado en el dorso de la mano derecha por regla general, pero para casos drásticos de amputación seria, en la mano izquierda, el muñón, o en cualquier parte de uno de los dos brazos.

Así fue entonces, la tecnología LIFI, nos ayudó muchísimo con el internet de las cosas, haciendo esto posible a muy bajo costo.

Muchos de los beneficios que se vendían a los nuevos usuarios era el hecho de; nunca olvidarás tu tarjeta, con un solo comando de pensamiento puedes bloquear tus fondos si eres víctima de un atraco, puedes realizar todo tipo de transacciones sin tener que tocar a nadie, ni recibir dinero que debas guardar en tus bolsillos, por tanto tus posibilidades de contagio de alguna enfermedad por este medio son nulas.

Esta fue la mejor receta para encontrar las condiciones necesarias para el desastre financiero. Todo comenzó, como un fiel calco del crack del 29; se desarrolló una burbuja a través de las criptomonedas, que para ese entonces dominaban el mercado; al igual que en el 29, el número 11 de Wall Street, estaba al frente de lo que sería, « Los años negros». Desde el 2009, se comenzó a incursionar en el mercado de las criptomonedas y con los mineros cada vez más populares; se creaban cantidades de dinero de la nada, nunca pude comprender como cualquier persona, con unos pocos conocimientos en sistemas podía crear con su computador y un software que descargaba gratis, una mina de dinero.

Así sucedió, la creación y la minería estaba estimada en 21 Millones de bitcoins y presupuestada para terminar en el año 2140 según Satoshi, pero para el 2052, había terminado.

Entonces llegó el fatídico día, todo los indicadores bursátiles estaban por los aires, sin saber su origen, las criptomonedas habían alcanzado valores por fuera de todos los análisis técnicos y fundamentales que los conocedores pudieran realizar. Dos horas después de abrir la bolsa se estaban negociando sumas de dinero de gran calibre aprovechando este gran día. Criptomonedas que nunca habían alcanzado un valor representativo, se cotizaban a 100 veces su valor promedio, parecía que las gráficas financieras se fueran a reventar pues los indicadores normales de subidas y bajadas, estaban por encima del 10 %. Este primer día terminó con champaña y la celebración de los nuevos ricos, que para ese día supuestamente eran muchos, puesto que como todos tenían acceso a la bolsa de valores con el chip «Todo servicio», nadie requería de un bróker para poder realizar dichas transacciones.

Al segundo día, se conoció la mano de los «Magos negros», a las 9:00 de la mañana, todos estaban atentos a entrar al mercado, como si fuera la carrera de su vida; el reloj mostró el segundo fatídico y por arte de magia, como el mejor prestidigitador, comenzó el truco de magia que tendría a todo el mundo, en primera fila. Las velas como llaman los expertos a la graficas de seguimiento financiero, se tornaron rojas, pero no el rojo de la navidad, sino como el rojo de la devastación. En el primer rango de 2 minutos, las acciones de los mercados se vinieron a pique, superando el 14 %, y los rangos posteriores, que estaban acostumbrados a que fueran muy pequeños, se convirtieron en verdaderos cirios; después de dos horas, nuevamente un repunte sin precedentes, el cual volvió a estabilizar el mercado.

Para el tercer día, las subidas y bajadas sin precedentes, se estaban convirtiendo, en lo normal por lo que muchos inversores, retomaron la calma y se dedicaron a analizar los mercados , buscando tendencias que pudieran explicar los sucesos, de los últimos días.

Pero ningún análisis podría prever lo que sucedería en el cuarto y último día del truco de magia. Como siempre a las 9:00 am, el número 11 de Wall Street, comenzó su día de trabajo, y en sus primeros dos minutos, se vivió el momento más oscuro de toda la historia financiera del planeta. La bolsa mostraba todos sus indicadores en cero, sí efectivamente estaban en cero, como una línea plana de muerte. Era el efecto más duro y contundente que se podría dar al sistema financiero; no había nadie que no hubiera invertido más de lo que financieramente pudiera sostener.

Veinte minutos más tarde, el caos se apodero del sistema financiero, los bancos sobre las 11:00 de la mañana cerraron sus puertas, buscando alguna alternativa, pues todos sus usuarios, comenzaron una migración masiva de capitales a billeteras virtuales, para asegurar los pocos dineros que quedaban en su poder.

Al quinto día, se reportaron las primeras solicitudes de los bancos al Estado, implorando por su salvamento, pero en esta época era imposible colocar impuestos a las transacciones financieras, como se había hecho en el pasado para salvarlos.

Así fue como grandes entidades financieras, cerraron sus puertas, para dar paso a la gran depresión, que recordaba, la antesala de la segunda guerra mundial.

El desempleo, la desconfianza en el mercado financiero, al igual que la sobreproducción y el bajo consumo, crearon el caldo de cultivo para lo que sería la crisis «Cripto-Jones». Nunca supimos quiénes eran los «Magos negros», ni cuáles fueron sus intenciones, en derrumbar el mercado financiero, pues a través del tiempo, no hubo cambios a nivel político, ni del Estado. Pero si fue muy claro que tenían el poder para realizar cualquier cambio que ellos quisieran a nivel informático.

Aunque cada día fue mayor la desconfianza sobre las herramientas informáticas era algo imposible de contrarrestar ya que eran parte hasta de nuestro cuerpo; para ese momento, cambiar seria como volver a la edad de piedra, todo el movimiento comercial, estaba basado en el mundo virtual.

Aunque no hubo guerras, nos costó mucho recuperarnos del descalabro financiero, pero como la naturaleza que siempre encuentra el camino, la raza humana encontró el camino para sobreponerse a esta dura crisis.

El nuevo hogar

El 5 de marzo de 2059, fue el día en que toda la raza humana se unió, sin diferencia en credo, política y sin fronteras. Se enfrentaba a un nuevo reto, a través de los años se habían realizado los mejores esfuerzos para mejorar la producción de los cultivos y para cuidar los pulmones planetarios.

El Amazonas , en otra época saqueado para obtener sus recursos, era para esa época uno de los sitios de la tierra más custodiado, con la mejor tecnología. Solo los verdaderos indígenas, aquellos que no habían cambiado sus tradiciones a través del tiempo y que siempre habían vivido allí, tenían permiso de ingreso. Toda la vida silvestre se monitoreaba las 24 horas del día por medio de satélite y por los drones «Horus III».

Los «Horus III», eran los que realizaban el trabajo más arduo, debido a sus tres tareas fundamentales, reconocimiento, autorización y eliminación.

Como el Amazonas se convirtió en un recurso vital de vida, el maltrato a esta zona, ya era una ofensa del más alto nivel, castigada con la mejor herramienta de la corporación «H», la muerte.

Cada árbol, se tenía debidamente inventariado y su producción de oxígeno y agua contabilizado, lo que permitía saber cómo el débil balance de la naturaleza podría afectar a cualquier persona en el planeta. Pero esto no fue suficiente, cada vez los recursos eran más escasos, las plagas más fuertes, el clima más recio, lo que llevo a tomar una decisión, la migración.

Con la misión Perseverance de la Nasa en 2020, se abrió la puerta para el nuevo hogar, con sherloc y pixl, que revelaron más cosas de las esperadas. Estos brazos robóticos descubrieron que nuestra vida en Marte sería posible más allá de cualquier duda.

En el año 2045, comenzó el envío de materiales en naves tipo carguero; aún recuerdo la primera nave llamada Hércules, debido a la cantidad de peso que era capaz de transportar. El primer envío llevaba 120 robots autónomos y más de quinientas toneladas de materiales.

¿Cómo era el proceso? Inicialmente se construyó el módulo de transferencia. Este módulo era un gran parqueadero, era el primer puerto intergaláctico que la raza humana podía ver, tenía 33 astilleros , y en cada uno de ellos, se podían construir y albergar dos naves tipo carguero; en total operación, estaba en capacidad de enviar, por medio de Elha, La inteligencia artificial, llamada así en honor a su creadora Elha Amvi, una nave carguero cada 3 minutos.

Una vez la nave estaba lista y se bautizaba, se procedía a mover al hangar de carga, donde en sus bodegas se almacenaban los diferentes materiales, antes de ubicarse en la bahía de despegue; existían 66 de ellas totalmente automatizadas y controladas por Elha.

Una vez cargada, se realizaban las últimas tareas de carga de combustible, verificación de mapas galácticos, control estructural, simulación de viaje de piloto automático, asistencia remota y chequeo de clima galáctico; este último era uno de los más importantes porque las tormentas solares, era uno de los mayores riesgos de la misión.

En tierra en el Centro Espacial de Tanegashima, se tenían transbordadores dirigidos por piloto automático, que más parecían aviones comerciales, porque despegaban continuamente como la mejor aerolínea; la actividad era como la de los grandes aeropuertos del mundo, con la diferencia que estaba totalmente automatizada, y funcionaba con una eficiencia del 99,9%.

Con el pasar de los años, los robots autónomos o «Autobots», se convirtieron en la herramienta principal en el cráter Jezero, Syrtis Major que es uno de los 30 cuadrángulos que el Servicio Geológico de los Estados Unidos trazó para dividir a la superficie de Marte. Día a día se seguía el avance del primer módulo habitable en Marte, con el asombro que producían los «Autobots», al construir edificaciones completas sin la intervención humana.

El 3 de enero de 2053, fue uno de los viajes más importantes, por que salieron los cargueros Inocencia I, que llevaban 2500 millones de semillas, que venían del Svalbard Global Seed Vault (SGSV) en Noruega. Era el primer intento de la raza humana de germinación en suelo extraterrestre. Por la complejidad del proceso, se creó un grupo de científicos para que estuvieran al frente del proceso de siembra y cuidado, teniendo en cuenta que el agua necesaria saldría del cráter Jezero. Siete semanas más tarde, el mundo se asombraba, al ver con sus propios ojos que, en el primer invernadero galáctico, llamado Esperanza, salían las primeras hojas de una matica de Guisantes. Era la nueva ilusión para la despensa de la tierra.

Un año más tarde los Recolectores, una clase especial de «Autobots», especializados en recolección, estaban enviando a la tierra los primeros frutos cultivados en Marte.

Para ese momento, ya existían en Marte, 1500 invernaderos galácticos, totalmente estables, lo que permitía pensar en la segunda fase.

Una vez construido el primer módulo, debíamos asegurar las condiciones para la vida humana a largo plazo y llegaron los «Guardianes»; eran robots autónomos, que contrario a su nombre, no eran robots para vigilancia, su única tarea era simular las condiciones de presión, oxigenación, temperatura para que fueran actas para la vida humana; era muy gracioso verlos pues eran simples cajas con ruedas, no tenían luces, ni forma humana y tampoco caminaban como se esperaría que fuera cualquier simulación.

Conquistador, como se llamó el primer módulo habitable en Marte, tenía la capacidad de albergar a 250 personas, cada unidad de vida , como se llamó a las cabinas, constaba de una cama, un escritorio, una ventana con control de luminosidad, un baño con ducha de agua caliente; la zona social tenía comedores, gimnasio, salas de entretenimiento, y centro de llamadas para que sus habitantes se pudieran comunicar con la tierra, tenía un área total de 15 km cuadrados.

Una vez estuvo listo y probado, comenzó la carrera que se llamó los «250», consistía en buscar personas de todas las áreas del conocimiento formal y no formal, entre los avisos más llamativos estaban, «Quieres cultivar tus hortalizas en Marte".

Este proceso tomó cuatro años para su selección y entrenamiento; era convertir a granjeros, profesores, profesionales, artesanos en verdaderos astronautas, no por el hecho que tuvieran que intervenir durante el viaje, pues este era controlado por Elha, sino por que debían adaptarse a su nuevo entorno y comprender que ya no regresarían a la tierra. Sí esa era la letra pequeña de este ambicioso contrato, no existía posibilidad de retorno y contrario a todas las expectativas los viajeros decidieron dejar atrás a sus familias y para el 5 de marzo de 2059, el Polaris I, llevó el primer grupo de humanos, siendo las 9:13 hora del este aterrizó sobre el complejo Amanecer.

La vida continuó su curso y las comunicaciones entre Marte y la tierra, no eran nada diferente a una video llamada. Lo que permitió que el proceso de adaptación y permanencia en el nuevo hogar se convirtiera en algo normal.

Sergio Pinzón Amaya

La cúspide

Nuestro gran historiador y conocedor de los movimientos políticos Jairo Pinzama, nos contaba en sus intervenciones por medio del canal universal, que todos los entramados que había tejido la humanidad a comienzos de siglo, no estuvieron ni cerca de suceder; la gran pelea entre las grandes potencias, terminó en una auto destrucción, lo que género que las antiguas dominadoras del mundo, ni siquiera tenían voz en el nuevo orden mundial. Los grandes conflictos religiosos del medio oriente, se extinguieron a través del tiempo debido a los grandes problemas por las pandemias y fenómenos atmosféricos. La famosa y renombrada tercera guerra mundial, sucumbió debido a la desaparición de la corrupción y las ansias del poder que ya solo existían como un mal recuerdo.

Contrario a lo que nos habían enseñado y aceptado como verdades de a puño, todo fue totalmente diferente a lo esperado. No fue nada fácil para todos nosotros vivir estos últimos cuarenta años, que nos permitieron ver el nuevo amanecer de las sociedad; pero entre tanto dolor almacenado en nuestros corazones a través del tiempo, nos dejaba con una sensación amarga en nuestras gargantas, cuando mirábamos hacia atrás y observábamos todo lo que tuvimos que pasar, para poder llegar a este nuevo momento de claridad.

Una de las cosas que era inaudito entender, fue que la sociedad peleó por la pena de muerte gran parte de su existencia; como un método poco ortodoxo de hacer cumplir la ley pero fue el más exitoso, para mantener a raya aquellos que querían pasar por encima de los derechos de los demás.

Los avances tecnológicos que fueron tan atacados y que eran premonitorios de una guerra entre las máquinas y los humanos por la aparición de la inteligencia artificial, tampoco sucedió.

Siempre atribuimos que sería una sola causa la que afectaría a la sociedad mundial y hoy descubrimos que existen una serie de factores, que confabulan para crear la historia de la humanidad. Por lo cual siempre debes estar atento, no a la mano que nos muestra el mago cuando dice «observa aquí», sino a donde realmente está pasando la acción.